KERI SMITH

WRECK THIS JOURNAL*

*УНИЧТОЖЬ ЭТОТ БЛОКНОТ

УНИКАЛЬНЫЙ БЛОКНОТ ДЛЯ ТВОРЧЕСКИХ ЛЮДЕЙ

Москва
2017

УДК 686.8
ББК я92
С50

Смит, Кери.

С50 Уничтожь меня! Уникальный блокнот для творческих людей ; [пер. с англ. А. А. Горбатовой]. – Москва : Издательство «Э», 2017. – 224 с. – (Блокноты для счастливых людей. Мировой бестселлер).

Перед вами книга-сенсация, проданная миллионными тиражами по всему миру. Поздравляем, теперь и вы сможете приобщиться к разрушительному творчеству Кери Смит!

На страницах нашего блокнота вы найдете множество способов уничтожения, а вскоре начнете изобретать и свои собственные!

Все задания на русском языке.

Развивайте креативность, не бойтесь экспериментировать, сделайте то, на что никогда раньше не решались!

УДК 686.8
ББК я92

Издание для досуга

БЛОКНОТЫ ДЛЯ СЧАСТЛИВЫХ ЛЮДЕЙ. МИРОВОЙ БЕСТСЕЛЛЕР

Кери Смит

УНИЧТОЖЬ МЕНЯ!
Уникальный блокнот для творческих людей

Директор редакции *Е. Капьёв*. Ответственный редактор *А. Полбенникова*
Художественный редактор *Е. Гузнякова*

ООО «Издательство «Э»
123308, Москва, ул. Зорге, д. 1. Тел. 8 (495) 411-68-86.

Өндіруші: «Э» АҚБ Баспасы, 123308, Мәскеу, Ресей, Зорге көшесі, 1 үй.
Тел. 8 (495) 411-68-86.
Тауар белгісі: «Э»
Қазақстан Республикасында дистрибьютор және өнім бойынша арыз-талаптарды қабылдаушының өкілі «РДЦ-Алматы» ЖШС, Алматы қ., Домбровский көш., 3«а», литер Б, офис 1.
Тел.: 8 (727) 251-59-89/90/91/92, факс: 8 (727) 251 58 12 вн. 107.
Өнімнің жарамдылық мерзімі шектелмеген.
Сертификация туралы ақпарат сайтта Өндіруші «Э»

12+

Сведения о подтверждении соответствия издания согласно законодательству РФ о техническом регулировании можно получить на сайте Издательства «Э»

Өндірген мемлекет: Ресей
Сертификация қарастырылмаған

Подписано в печать 16.02.2017. Формат 60x90 1/16.
Печать офсетная. Усл. печ. л. 14,0.
Доп. тираж 20 000. Заказ № 200.
Отпечатано в типографии ООО «Поволжье-НН»,
603074, г. Нижний Новгород, ул. Шаляпина, д. 2а.

ISBN 978-5-699-77586-6 (оф. 1)
ISBN 978-5-699-77587-3 (оф. 2)

Внимание!

Использование этой книги способствует творческому развитию! Готовься перепачкаться в краске, и это только в лучшем случае! Ты вымокнешь до нитки, тебя заставят делать что-то весьма подозрительное. О, ты будешь с тоской вспоминать о своем прежнем безмятежном состоянии. И ты наверняка будешь видеть креативность в разрушении. Готовься, ведь теперь твоя жизнь станет более безрассудной.

Благодарности Эта книга была создана при поддержке следующих людей: моего мужа, Джефферсона Питчера, который каждый день вдохновляет меня жить насыщенной и дерзкой жизнью (некоторые из его идей нашли воплощение в этой книге). Спасибо талантливым художникам Стиву Ламберту и Синтии Йердли-Ламберт, не побоявшимся провести для меня лекцию по современному искусству, благодаря чему родился целый ряд безумных идей. Спасибо также моему редактору в издательстве Perigee, Мэг Ледер, которая занялась этим проектом и с самого начала поверила в него, благодарю Вас за вдумчивость и чуткость. Спасибо моему агенту, Фейт Хэмлин, за доверие, оказанное моему творческому, артистическому восприятию реальности. Также спасибо Корите Кент, Джону Кейджу, Россу Мендесу, Бренде Иланд, Бруно Мунари и Чарльзу и Рэю Эймсам, чьи поддержка и понимание помогают мне творить.

Посвящается перфекционистам всего мира

ЭТА КНИГА ПРИНАДЛЕЖИТ:

НАПИШИ СВОЕ ИМЯ БЕЛЫМ ЦВЕТОМ

НАПИШИ СВОЕ ИМЯ НЕРАЗБОРЧИВО

НАПИШИ СВОЕ ИМЯ МАЛЮСЕНЬКИМИ БУКВАМИ

НАПИШИ СВОЕ ИМЯ ЗАДОМ НАПЕРЕД

НАПИШИ СВОЕ ИМЯ КАК МОЖНО БЛЕДНЕЕ

НАПИШИ СВОЕ ИМЯ ГИГАНТСКИМИ БУКВАМИ

АДРЕС

НОМЕР ТЕЛЕФОНА

*ПРИМЕЧАНИЕ: ЕСЛИ ТЕБЕ НАДОЕЛО, ПЕРЕЛИСТНИ НА ЛЮБУЮ ДРУГУЮ СТРАНИЦУ, СДЕЛАЙ ТО, ЧТО НА НЕЙ НАПИСАНО, А ПОТОМ ВОЗВРАЩАЙСЯ.

ИНСТРУКЦИИ

1. Всегда носи этот блокнот с собой.

2. Следуй всем указаниям.

3. Не важно, в каком порядке.

4. Интерпретируй инструкции как хочешь.

5. Экспериментируй (противоречь сам себе)

МАТЕРИАЛЫ

ИДЕИ
ЗАПАХИ
ЖВАЧКА
РУКИ
КЛЕЙ
ШНУРКИ
ГРЯЗЬ
МЯЧ
СЛЮНА
НЕПРЕДСКА-
ЗУЕМОСТЬ
ВОДА
СПОНТАННОСТЬ
ПОГОДА
ФОТОГРАФИИ
МУСОР
РАСТИТЕЛЬНАЯ
ЖИЗНЬ
БЕЛЫЕ
ПРЕДМЕТЫ
КАРАНДАШИ/
РУЧКИ
ОФИСНЫЕ
ПРИНАДЛЕЖ-
НОСТИ
ИГОЛКА
И НИТКА
ВАКСА
МАРКИ
ЛЮБЫЕ
НАЙДЕННЫЕ
ШТУКОВИНЫ

СТИКЕРЫ
СТЕПЛЕР
ЛЮБЫЕ
ЛИПКИЕ
ШТУКИ
ГАЗЕТЫ
ЕДА
ПАЛОЧКИ
ЧАЙ/КОФЕ
ЛОЖКИ
ЭМОЦИИ
РАСЧЕСКА
СТРАХИ
СКРУЧЕННЫЙ
ГАЛСТУК
БОТИНКИ
ЧЕРНИЛА
СПИЧКИ
КРАСКА
БИОЛОГИЯ
ТРАВА
НОЖНИЦЫ
МОЮЩЕЕ
СРЕДСТВО
КАССЕТА
ЖИР
ВРЕМЯ
СЛЕЗЫ
СЛУЧАЙНОСТИ
ПАСТЕЛЬ
НАХОДЧИВОСТЬ

ПРОСТАВЬ СВОИ СОБСТВЕННЫЕ НОМЕРА СТРАНИЦ

НАЧНИ ОТСЮДА

СЛОМАЙ КОРЕШОК КНИГИ

ОСТАВЬ ЭТУ СТРАНИЦУ

ПУСТОЙ,

А ВДРУГ ПРИГОДИТСЯ

ВСТАНЬ СЮДА

(ВЫТРИ НОГИ, ПРЫГНИ СВЕРХУ)

РАЗЛЕЙ, РАСПЛЕСКАЙ, НАКАПАЙ
РАЗБРЫЗГАЙ, РАЗМАЖЬ СВОЙ
КОФЕ
ЗДЕСЬ

ПРОДЫРЯВЬ СТРАНИЦУ КАРАНДАШОМ

НАРИСУЙ ТОЛСТЫЕ И ТОНКИЕ ЛИНИИ

ЖМИ НА КАРАНДАШ ИЗО ВСЕХ СИЛ

ОСТАВЬ СВОИ ОТПЕЧАТКИ

ИСПАЧКАЙ ЧЕМ-НИБУДЬ РУКИ
И ПРИЛОЖИ ИХ К СТРАНИЦЕ

ЗАКРАСЬ ВСЮ СТРАНИЦУ

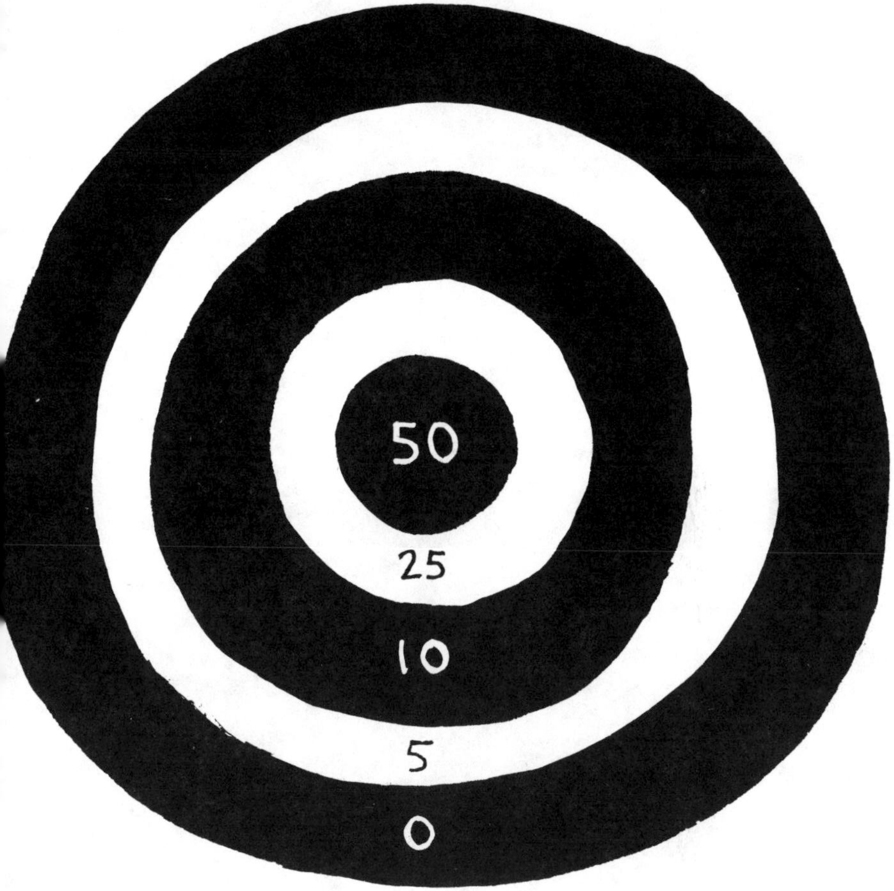

БРОСЬ ЧТО-НИБУДЬ ПРЯМО В ЯБЛОЧКО

(КАРАНДАШ ИЛИ ШАРИК С КРАСКОЙ)

ПОЛОЖИ СЮДА ЛИСТЬЯ ИЛИ ДРУГУЮ ЕРУНДУ

ПОСКРЕБИ

ТУТ ЧЕМ-НИБУДЬ ОСТРЫМ

НАРИСУЙ ЧТО-НИБУДЬ БЕССМЫСЛЕННОЕ КАРАНДАШОМ

РИСУЙ КАРАКУЛИ, НЕ СДЕРЖИВАЙ СЕБЯ

Разорви страницу на полоски!

ПРИКЛЕЙ,
СКРЕПИ
ИЛИ СВЯЖИ
СТРАНИЦЫ
ВМЕСТЕ

НАРИСУЙ ЛИНИИ
СЯДЬ В АВТОБУС,

В ДВИЖЕНИИ — ПОЕЗД ИЛИ ПРОЙДИСЬ

ИЗРИСУЙ КРУГАМИ ВСЮ СТРАНИЦУ

Задокументируй свой обед.

ПОЛОЖИ СВОЙ БУТЕРБРОД ПРЯМО СЮДА

ВЫТРИСЬ СТРАНИЦЕЙ КАК САЛФЕТКОЙ

ПОЖУЙ ЭТУ СТРАНИЦУ

⬇

*ВНИМАНИЕ! ГЛОТАТЬ НЕ НАДО

СДЕЛАЙ ВОРОНКУ,

ВЫПЕЙ ИЗ НЕЕ

1. ВЫРЕЖИ ЭТОТ ЛИСТ

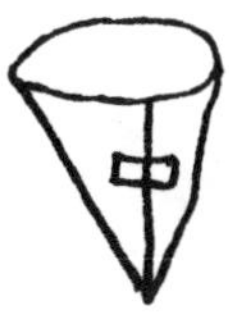

2. СКРУТИ ВОРОНКУ И ЗАКЛЕЙ ЕЕ

3. НАЛЕЙ ВОДУ И ВЫПЕЙ

ВЫРВИ СТРАНИЦУ

СКОМКАЙ ЕЕ

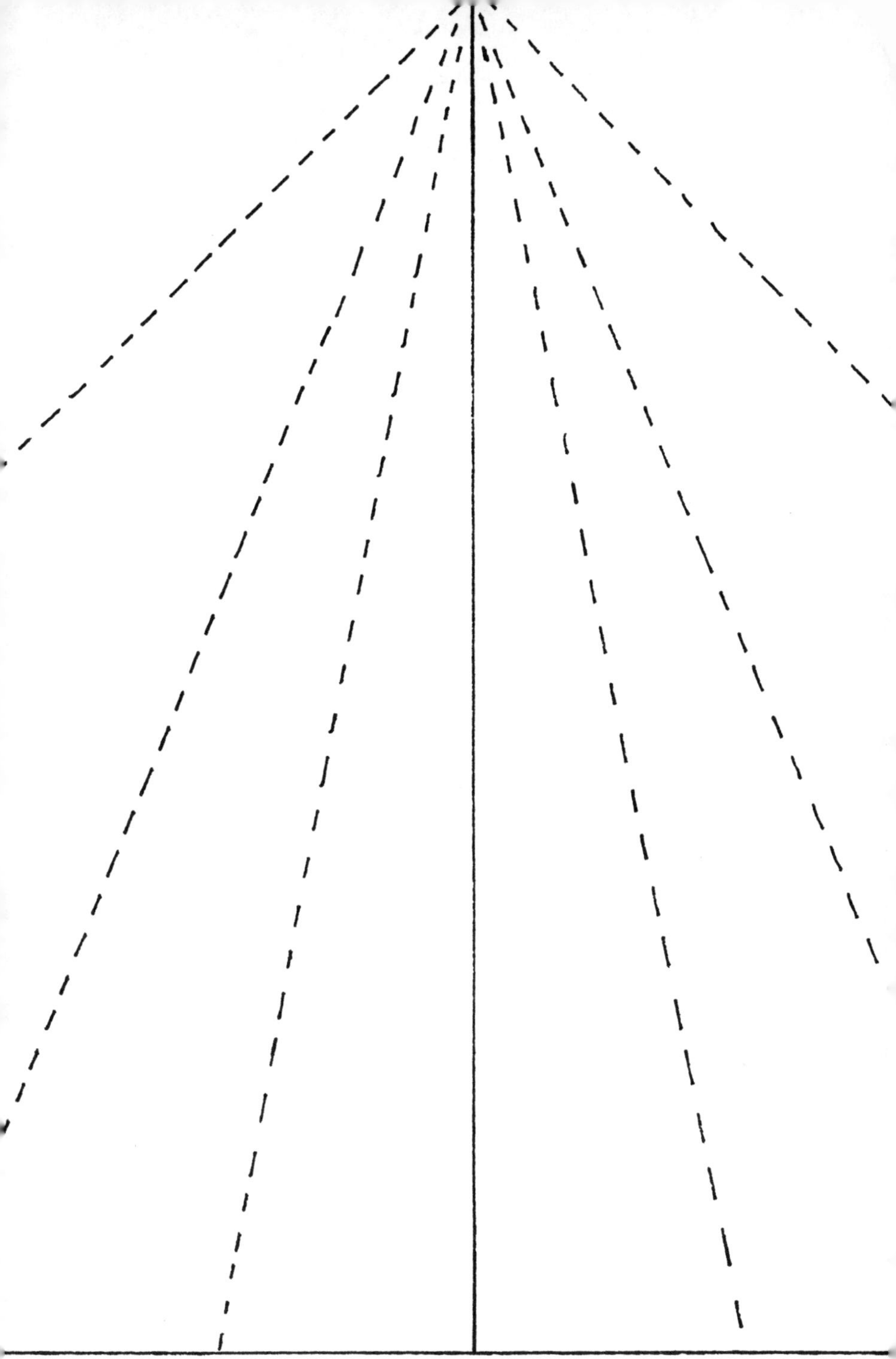

СДЕЛАЙ БУМАЖНЫЙ САМОЛЕТИК

УПАКУЙ что-нибудь

В ЭТУ СТРАНИЦУ

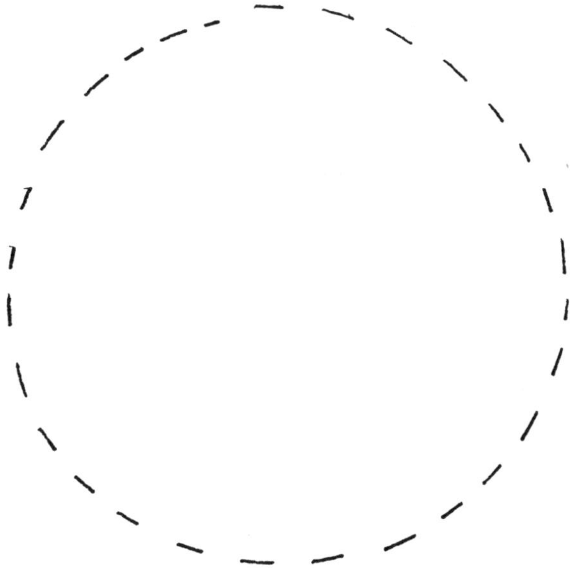

РИСУЕМ ЯЗЫКОМ

1. СЪЕШЬ ЦВЕТНУЮ КОНФЕТУ
2. ОБЛИЖИ ЭТУ СТРАНИЦУ

Выбери слово

испиши им
всю страницу

Привяжи ниточку к корешку блокнота.

РАСКРУТИ БЛОКНОТ,

пусть бьется о стены

ПОДНИМИ БЛОКНОТ БЕЗ РУК

ЗАЛЕЗЬ ПОВЫШЕ
СБРОСЬ БЛОКНОТ

Засыпь страницу компостом

Наблюдай за результатом

НАРИСУЙ ЧТО-ТО ОТВРАТИТЕЛЬНО

(вспомни сюжеты фильмов ужасов: жеваную жвачку, экскременты, мертвых животных,

умирающих птиц, плесень,
воту и прочую гадость)

прилепи что-нибудь
ЛИПКОЕ
(мед, жвачку, сироп,
клей, леденцы,
мармелад)

ПРЕДСТАВЬ,
ЧТО МАШИНАЛЬНО
РИСУЕШЬ
НА КОНВЕРТЕ,
РАЗГОВАРИВАЯ
ПО ТЕЛЕФОНУ

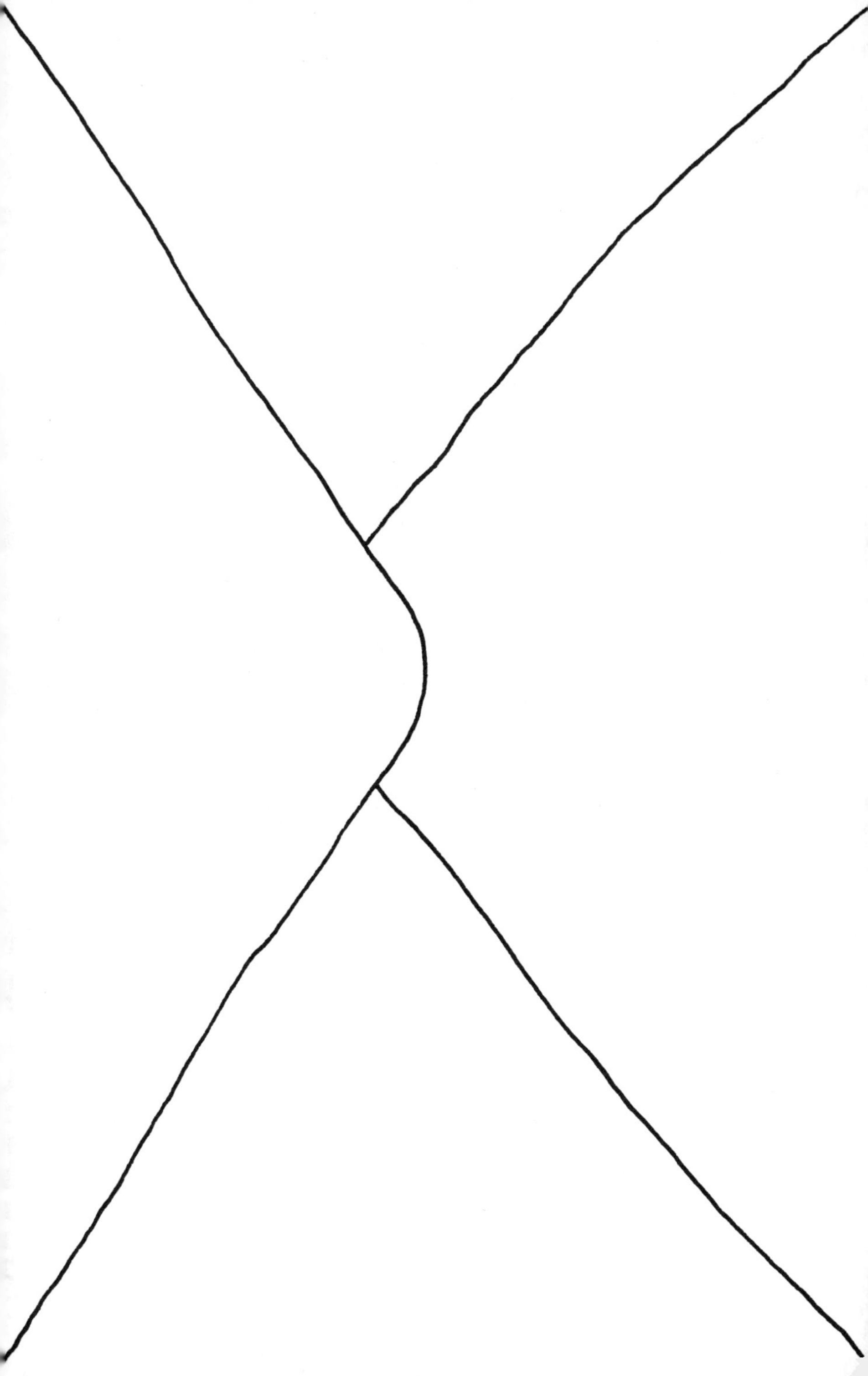

БЛОКНОТНЫЙ ГОЛЬФ

1. ВЫРВИ ЭТУ СТРАНИЦУ. СКОМКАЙ ЕЕ В МЯЧИК
2. ПОСТАВЬ БЛОКНОТ ТРЕУГОЛЬНИКОМ (КОРЕШКОМ ВВЕРХ)

3. ПНИ МЯЧИК В ВОРОТА

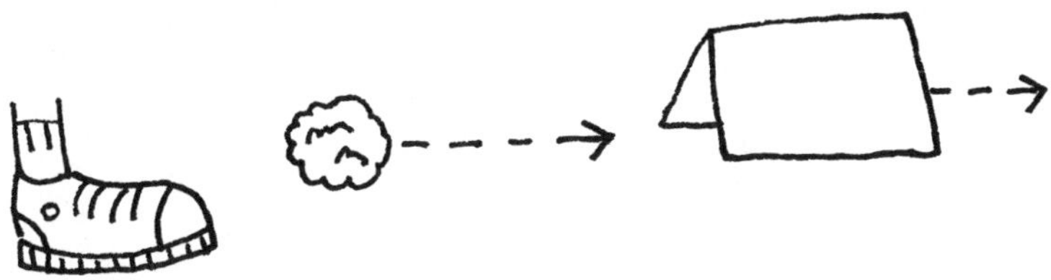

сделай цепочку из бумаги

МЕСТО *
ДЛЯ НАКЛЕЕК
С ФРУКТОВ

* ЛЕПИ НАКЛЕЙКИ С КУПЛЕННЫХ ФРУКТОВ

РАЗЛОЖИ СВОИ ОФИСНЫЕ

ПРИНАДЛЕЖНОСТИ

ЗАХВАТИ
БЛОКНОТ
В ДУШ

Привяжи нитку к корешку

пройдись по парку, таща его

за собой по земле

измажь СТРАНИЦУ ГРЯЗЬЮ

МЕСТО ДЛЯ...

ТЕСТА

РУЧЕК, КАРАНДАШЕЙ, КРАСОК, МАРКЕРОВ И ВСЕГО, ЧЕГО ЗАХОЧЕШЬ

КАПНИ ЧЕМ-НИБУДЬ

(ЧЕРНИЛАМИ, КРАСКОЙ, ЧАЕМ)

ЗАКРОЙ БЛОКНОТ
ДЛЯ ОТПЕЧАТКА

Зашей
эту
страницу

ПРИКЛЕЙ
ГАЗЕТНУЮ
СТРАНИЦУ

Место для зелени

СОБИРАЙ ЗДЕСЬ МАРКИ ДЛЯ ПИСЕМ

СОБЕРИТЕ СУМКУ (ИЛИ РЮКЗАК)
ПУСТЬ ЭТОТ КЛОЧОК ОТТУДА ТОРЧИТ

ЗАСТАВЬ ЭТУ СТРАНИЦУ

БЕЛЫМИ ПРЕДМЕТАМИ

ИЗРИСУЙ ЕЙ ВСЮ СТРАНИЦУ (НЕ ЗАБУДЬ УПОМЯНУТЬ ИМЯ ВЛАДЕЛЬЦА)

СДЕЛАЙ

ЭТИМ БЛОКНОТОМ

ЧТО-ТО

ВНЕЗАПНОЕ

И

РАЗРУШИТЕЛЬНОЕ

УСТРОЙ УРАГАН
ПОТОМ УБЕРИСЬ

ИЗРИСУЙ ВЕРХ:

- [ ] ОБЛОЖКИ
- [ ] ТИТУЛА
- [ ] ИНСТРУКЦИИ
- [ ] СТРАНИЦЫ С КОПИРАЙТАМИ

СЛОЖИ УГОЛКИ

ЛЮБИМЫХ СТРАНИЧЕК

Место для приятных мыслей

ОБМОКНИ *овощи в чернила*
и проштампуй страницу

ПОПРОСИ
ДРУГА СДЕЛАТЬ
С ЭТОЙ СТРАНИЦЕЙ
ЧТО-НИБУДЬ
ВНЕЗАПНОЕ

НЕ ПОДСМАТРИВАЙ

НАПИШИ ФИГНЮ НЕМЕДЛЕННО

ПРИКЛЕЙ ЧТО-НИБУДЬ

ВСЕ, ЧТО НАЙДЕШЬ ДОМА, НА УЛИЦЕ ИЛИ ГДЕ-ТО ЕЩЕ

Вырви страницу

ПОЛОЖИ В КАРМАН БРЮК
ПОСТИРАЙ ИХ
ВЕРНИ СТРАНИЦУ НА МЕСТО

Прорежь несколько страниц

Наполни страницу любым ароматом

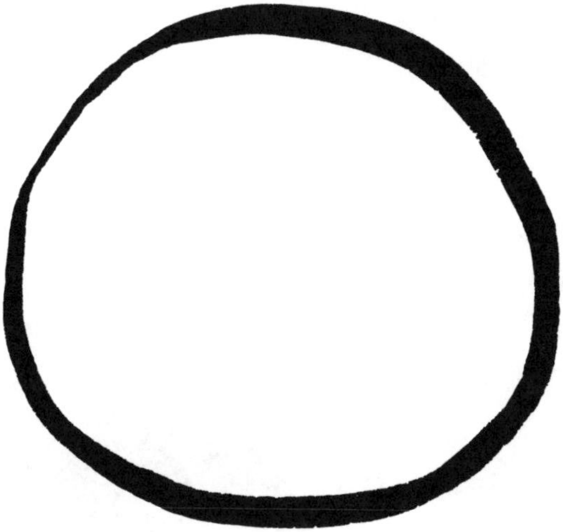

ЗАКРАСЬ ВСЕ
ВНЕ КРУГА

ЗАКРОЙ ГЛАЗА

СОЕДИНИ ТОЧКИ ПО ПАМЯТИ

Повесь блокнот в людном месте
Предложи народу порисовать в нем

ВЫНЬ ИЗ КАРМАНОВ

ПРИКЛЕЙ ИХ СЮДА

КАТЫШКИ

обведи СВОЮ руку

порисуй
клеем

ВСПОМНИ, ЧТО НЕОБЫЧНОГО

ХРАНИТСЯ У ТЕБЯ ДОМА

НАРИСУЙ И ОПИШИ ЭТО
ИСПОЛЬЗУЙ РАЗНЫЕ ЦВЕТА

ПОДРОБНО ОПИШИ КАКОЕ-НИБУДЬ

ЗАНУДНОЕ МЕРОПРИЯТИЕ

НАРИСУЙ ЧТО-НИБУДЬ, ИСПОЛЬЗУЯ В КАЧЕСТВЕ КИСТИ ЛОКОН (ИЛИ НЕСКОЛЬКО ПРЯДЕЙ) СВОИХ ВОЛОС

ПРИЛЕПИ
СЮДА
ФОТО

Прикрепи свою самую ненавистную фотографию

РАЗОРВИ СТРАНИЦУ!

РАЗРИСУЙ СТРАНИЦЫ

ЛОЖКАМИ, ЗАПОНКАМИ

ОБМАКНУВ

ПАЛОЧКАМИ,
И ЧЕМ ХОЧЕШЬ,
ИХ В КРАСКУ

ВЫМЕЩАЙ
КАЖДЫЙ
РАЗ СВОЮ
ЗЛОСТЬ
НА ЭТОЙ
СТРАНИЦЕ

НАРИСУЙ или НАПИШИ

что-нибудь левой рукой

ПОМНИ,
ЭТОТ
БЛОКНОТ
ВСЕГДА
ДОЛЖЕН БЫТЬ
С ТОБОЙ

ЭТА СТРАНИЦА ХРАНИТ ТВОЙ СЕКРЕТНЫЙ ЗНАК. ИТАК, ЧТО ЭТО?

СТАРТ

НАРИСУЙ бесконечную линию

МЕСТО ДЛЯ НЕДОВОЛЬНЫХ КОММЕНТАРИЕВ*

(*ЧТО ГОВОРИТ ТВОЙ ВНУТРЕННИЙ КРИТИК?)

НАРИСУЙ ЛИНИИ КАРАНДАШОМ ИЛИ РУЧКОЙ

ОБЛИЖИ ПАЛЕЦ
И РАЗМАЖЬ ИХ

ПОТЕРЯЙ ЭТУ СТРАНИЦУ

выброси её)

Смирись с потерей

СТРАНИЦА для ЧЕТЫРЕХБУКВЕННЫХ СЛОВ

ВКЛЕЙ СЮДА СТРАНИЦУ ИЗ ЖУРНАЛА ИЛИ ГАЗЕТЫ.

ОБВЕДИ СЛОВА, КОТОРЫЕ ТЕБЕ НРАВЯТСЯ

НАПИШИ ЧТО-НИБУДЬ, ДЕРЖА РУЧКУ В ЗУБАХ

ПОДАРИ
КОМУ-НИБУДЬ
СВОЮ ЛЮБИМУЮ
СТРАНИЦУ

ТОРОБОАН ИШИПАН

ЗАФИКСИРУЙ ХОД ИСТОРИИ

ЭТОТ РАЗВОРОТ ПРЕДНАЗНАЧЕН

Для внутреннего монолога

ПОСКРЕБИ ЭТУ СТРАНИЦУ

СПРЯЧЬ ТАЙНОЕ ПОСЛАНИЕ ГДЕ-НИБУДЬ В БЛОКНОТЕ

ПОЛОЖИ БЛОКНОТ ПОД ПОДУШКУ

(Утром напиши
о своих впечатлениях)

ЗАКРОЙ БЛОКНОТ
НАЦАРАПАЙ НАПИШИ ЧТО-НИБУДЬ НА КОРЕШКЕ

НАПИШИ, ЧТО ЕЩЕ МОЖНО СДЕЛАТЬ С БЛОКНОТОМ

1.

2.

3.

4.

5.

6.

7.

8.

9.

10.

11.

12.

НАРИСУЙ РАЗНОЦВЕТНЫЕ ПЯТНА В ЯЧЕЙКАХ

РАЗРИСУЙ

ЭТУ СТРАНИЦУ ↓↓↓ СВЕРХУ И ПО КРАЯМ

Это совершенно несущественный текст. Автор этого текста писал его с целью создать что-то, что имеет очень мало значения, или же не имеет его совсем. Это всего лишь набор знаков, которые читатель увидит на странице. Мы надеемся, что такая структура будет отсылать тебя к книге, спрятанной глубоко в твоих ранних воспоминаниях, книге, которая была у тебя в детстве и которую ты втайне ото всех разрисовывал карандашами. Возможно, потом тебя за это отругали.

Это могла быть первая книга в твоей жизни, которую ты, не удержавшись, замарал ручкой, когда увидел каракули предыдущего владельца. Это была не твоя вина. Книги созданы для того, чтобы в них рисовать, это одно из их предназначений. Тебя нельзя за это осуждать. Такие скучные вещи, как книги, заслужили все то, что с ними происходит.

Ты читаешь это? Ты же должен был зарисовать всю эту страницу каракулями! Пожалуйста, прекрати это читать! Сейчас самое время взять ручку и все накалякать.

Может быть, эта идея уже не так привлекает тебя, потому что мы разрешили тебе это сделать? В таком случае я требую, чтобы ты немедленно прекратил рисовать! Если ты еще хоть черточку на этой странице нарисуешь, автор (то есть я) персонально запретит тебе читать любую из следующих ее книг до скончания времен (или до тех пор, пока она будет издавать книги, что, возможно, продлится еще долгие годы).

Есть много вещей, которые ты можешь сделать вместо того, чтобы рисовать на этой странице. Это, например, могут быть такие дела, как: сходить к зубному, почистить холодильник, помыть окна, убрать под кроватью в спальне, прочесть все книги, написанные Марселем Прустом, выстроить всю еду, которая есть у тебя дома, в алфавитном порядке, изучить важнейший научный вопрос о синтезировании полимеров и о влиянии этого процесса на окружающий мир, разложить почтовые конверты по размеру, посчитать, сколько листов бумаги находится в твоем распоряжении, убедиться, что у всех твоих носков есть пара, проверить, что за мусор у тебя в карманах (ах да, ты же уже это делал, следуя указаниям на прошлых страницах), перезвонить маме, выучить новый язык, записать самого себя во время сна, передвинуть мебель в квартире, чтобы комната стала похожа на автобусную остановку, испробовать некоторые позы сидения, которые ты никогда раньше не пробовал, скакать в течение часа на одном месте, представить, что ты секретный агент, украсить внутренности холодильника, нарисовать ложную дверь на стене мелом, побеседовать со своими соседями-животными, написать речь для будущего вручения тебе какой-нибудь премии, дойти до магазинчика на углу настолько медленно, насколько это возможно, написать благожелательный ответ на автоматический е-мейл, вложить секретную записку в библиотечную книгу, сделать парочку упражнений на укрепление пальцев, одеться так же, как твой любимый писатель, понюхать внутреннюю часть своего носа, заучить наизусть книжку «Юности честное зерцало», посидеть у подъезда с табличкой «Гогочите, если вы любите птиц», записать все растения, которые ты видел в жизни, на бумажку, понюхать эту книгу, поспать, представить, что ты знаменитый космонавт.

ПРИДУМАЙ СПОСОБ ПРИКРЕПИТЬ ЭТИ ДВЕ СТРАНИЧКИ ДРУГ К ДРУГУ

протри этой страницей грязную машину

СОБЕРИ БУКВУ «М» ЗДЕСЬ

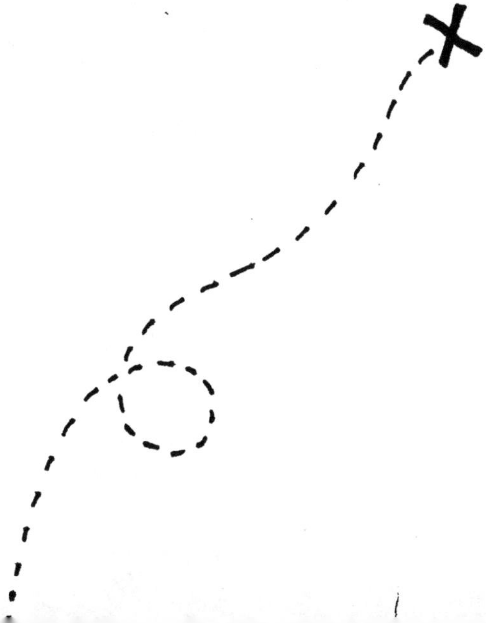

Собери тут мертвых жучков

ПОБАРАБАНЬ ПО ЭТОЙ СТРАНИЦЕ КАРАНДАШОМ

СПУСТИ ЭТУ СТРАНИЦУ НА ВОДУ

ПРИДУМАЙ,
КАК
ЗАМОРОЗИТЬ
ЭТУ СТРАНИЦУ

СПРЯЧЬ ЭТУ СТРАНИЦУ В САДУ СОСЕДА

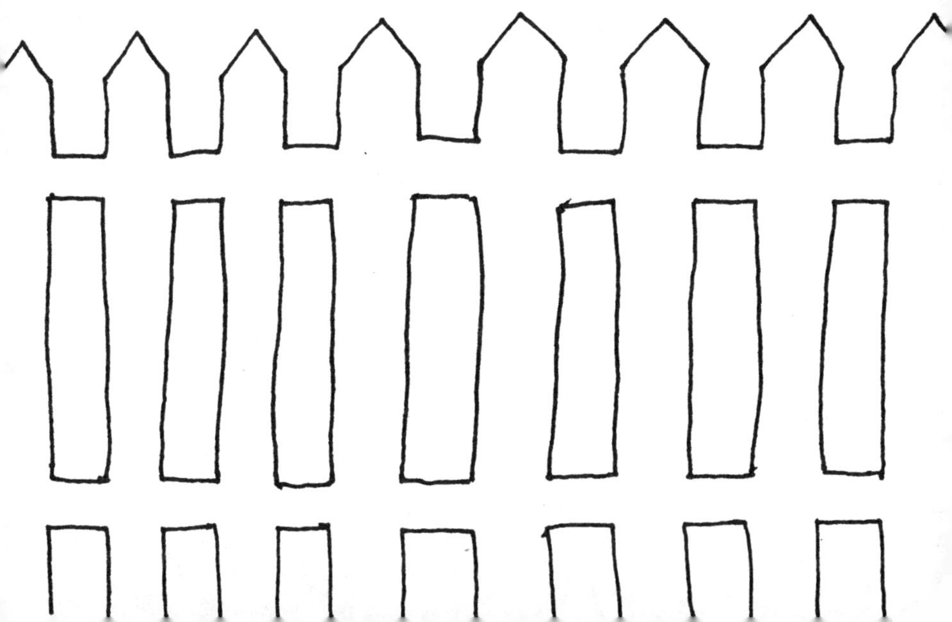

СКАТИ БЛОКНОТ С ВЫСОООКОТО ХОЛМА

ПРОДАЙ ЭТУ СТРАНИЦУ

ПРЕВРАТИ
БЛОКНОТ
В
БАШМАК

ПРОВЕЗИ БЛОКНОТ
(ЭТОЙ СТРАНИЦЕЙ ВНИЗ)
ПО ДЛИННОМУ КОРИДОРУ

ОСТАВЬ
НА ЭТОЙ
СТРАНИЦЕ
КРАСОЧНЫЙ
ОТПЕЧАТОК

РАСПЛЕЩИ
ЗДЕСЬ
ЖИДКОСТЬ
(СДЕЛАЙ ЭТО РТОМ)

ЗАКЛЕЙ СТРАНИЦУ СКОТЧЕМ

(СОЗДАЙ ШАБЛОН)

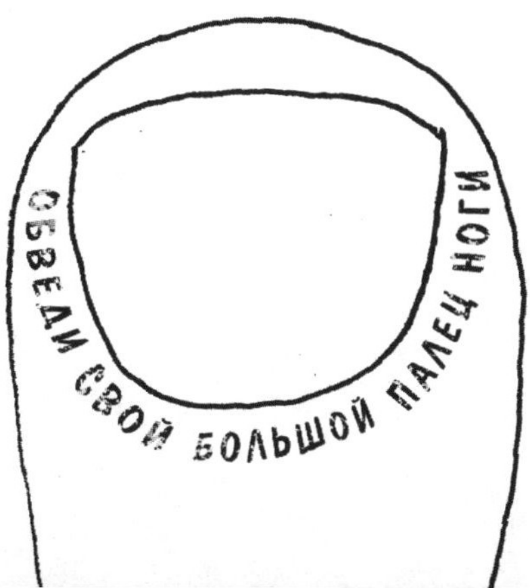
ОБВЕДИ СВОЙ БОЛЬШОЙ ПАЛЕЦ НОГИ